유리창 이쪽

이태수 시집

문학세계사

ㅁ시인의 말

열여섯 번째 시집을 묶는다.

유리창 이쪽에서 저쪽을 끝없이
끌어당기고 밀어낼 따름이다.

2020년 봄

이태수

□차례

I

무명無明 길_____10
별과 나_____11
별에 대한 몽상_____12
사랑나라, 별나라_____14
어떤 환상_____16
불빛과 그림자_____18
부재중_____20
색즉시공色卽是空_____21
불이문不二門 앞에서_____22
불이不二의 바깥 길_____23
눈을 감으면_____24
어떤 길_____25
글썽이다_____26
우주와 나_____27
잠깐 꾸는 꿈같이_____28
중심_____29
당신과 나_____30
고도孤島_____31
시간은 오늘도_____32

II

남풍南風_____36
옛집, 적막_____38
봄 전갈—2020 대구 통신_____40
매화 지는 밤_____42
봄, 꿈_____43
와락_____44
봄, 기다림_____46
바람의 무늬_____48
오고 가고_____49
후투티_____50
버들개지_____52
산문山門 점묘 1_____53
산문山門 점묘 2_____54
한여름_____55
불볕 대낮_____56
한여름의 천사_____57
개울가 물푸레나무_____58
황혼에_____60
불빛 하나_____61

III

페튜니아_____64

가을 한나절_____65

황혼 길_____66

늦가을 한때_____67

심산행深山行_____68

청단풍_____70

산그늘_____72

범종소리_____73

적요寂寥_____74

코 없는 돌부처_____75

금상첨화錦上添花_____76

원장현의 대금산조_____77

눈이 내리네_____78

빈 하늘_____80

한겨울 점묘_____81

폭설暴雪 뒤_____82

강, 강물_____83

계단_____84

Ⅳ

먼 풍등風燈_____88

돌탑_____89

어떤 광장_____90

안개나라_____92

마차가 말을 끌듯이_____94

잘못에 대하여_____96

미망迷妄_____98

오른쪽에서_____99

바르게만_____100

망연자실茫然自失_____101

빗소리, 빗길_____102

옛집에서의 하룻밤_____104

잣나무가 소나무에게_____105

로베르, 드망즈…_____106

너도 가고 그도 가고_____108

요즘 꿈길_____109

바람이 분다_____110

| 해설 | 조창환(시인, 아주대 명예교수)_____111

I

무명無明 길

산 넘으면 산이,
강을 건너면 강이 기다린다
안개 마을 지나면 또 안개 마을이,
악몽 벗어나면 또 다른 악몽이

내 앞을 가로막는다

다람쥐가 쳇바퀴를 돌리듯이
잠자도 깨어나도 산 첩첩 물 중중,
아무리 가도 제자리걸음이다

눈을 들면 먼 허공,

그래도 산을 넘고 강을 건넌다
안개 헤치며 마을을 지나 마을로
악몽을 떨치면서 걸어간다
무명 길을 간다

별과 나

별은 아득한 하늘에 있고
나는 낮은 땅에서 쳐다보네

별은 내가 올려다보면 빛나건만
내게는 화답해 보내줄 빛이 없네
별도 나도 어둠과 가깝지만
그 관계는 사뭇 다르네
바탕과 배경이 어둠인 별은
캄캄해질수록 영롱하게 빛나건만
나는 안팎이 어둠으로 가득하네

내가 어두워진 만큼 빛나는
별을 우러러봐야만 하네

별에 대한 몽상

별들이 또 마음 흔든다
나는 저 별의 작은 부스러기일까
왜 별을 향해 팔을 뻗게 되는 걸까
옛 동방박사들은 빛나는 별을 따라나서
갓 태어난 아기 성자를 알현하면서
경배를 했다는데, 나는 왜 이렇게
뜬금없는 생각을 할까

하늘에 별들이 없었다면 어떠할까
시인들이 어둠 속에서
빛나는 꿈을 꿀 수 있었을까
보리수나무도 골고다 언덕도
이토록 신비와 경이의
상징으로 자리매김할 수 있었을까

나는 어디서 와서 어디로 가고 있는지,
정처도 없이 헤매야만 하는지,

하나의 꿈이 속절없이 스러지고 나면
또 다른 꿈이 허공을 떠돌다 말 뿐
어둠이 짙어질수록 왜 이리 자꾸만
별들을 향해 팔을 뻗게 되는 것일까
내가 작은 별의 부스러기여서
별을 자꾸만 끌어당기고 있는 것일까

사랑나라, 별나라

사랑으로 빚어진 떡, 사랑으로
빚은 술, 사랑으로 만들어진
안주, 사랑으로 만든
바람을 마시고 먹는 나라
사랑으로 지어진 집, 사랑으로
서 있는 기둥, 사랑으로 숨쉬는 먼지,
사랑이 물든 종이 위에
사랑의 글씨만 쓰인 나라
사랑의 밥을 먹고, 사랑의 옷을 입고
사랑의 국물을 마시고
기침도 사랑처럼 하는, 그런 꿈나라
언제까지나 바뀌지 않는
사랑의 눈빛과 가슴이 포개져
사랑의 말들만 반짝이는,
유리알처럼 투명한 꿈결에
먼 듯 가까이, 가까워지듯 먼 나라
이 지상의 늪에서 바라보면

어두워질수록 영롱해지는,
애달피 꿈꾸는 누이의
꿈속의 별나라, 끌어안을수록
불빛 더욱 따스해지는 사랑나라

*오래된 시의 제목과 본문을 고쳐 썼음.

어떤 환상

늦은 오후, 창가에 앉아
무거운 생각을 내려놓는다
되는 것도 같고 안 되는 것도 같다

눈을 들어 창밖을 바라보면
허공에 떠 있는 구름 몇 점,

느릿느릿 게걸음질 하듯 가고 있다
어디로 가는지는 모르지만
마음 얹어 보내곤 한다

해가 서쪽 산 위로 기울고
하늘은 점점 불콰하게 물든다
문득, 그 풍경이 종잇장과도 같이
구겨지다 펴지다 구겨진다

도무지 알 수 없는 일이나

내가 그 속으로 스르르 빨려든다
어제와 지금, 지금과 내일이
뒤섞인 채 허공에 뜬다

그런데 놀랍고 야릇하게도
수정같이 투명한 물방울 하나,
가슴속에 맺혀 반짝인다

불빛과 그림자

해 질 무렵에 다시 불을 댕긴다
어둠살이 밀려오고, 가슴에는
불꽃이 조그맣게 타오른다

닿을 듯 말 듯 닿지 않는 길 저편의
가고 싶은 곳은 여전히 목마르게 할 뿐
창가에 앉으면 그저 되돌아온 느낌이다
헛돌다 온 것도 같다

시시포스의 바위처럼
굴러 올려 봐도 다시 미끄러져 내리던
길 위의 발자국들이 죄다 이지러진 채
내 옆에 따라와 웅크리며 앉는다

유리창 너머 켜진 수은등이
채도를 높이는 동안, 아닐세라
일렁이며 다가서는 나무 그림자

해가 지면 짙어지는 어둠과
불빛 등지고 서는 그림자들

그렇겠지, 그림자는 그림자끼리
어둠은 어둠끼리 가깝게 마련이겠지
가슴에 가물거리는 불빛이
거느린 그림자들이 어두운 창밖으로
서두르며 발길을 재촉하고 있다

부재중

내가 나에게 끌리어 다녔는지
내가 나를 끌고 다녔는지
내가 나를 만나지 못해 나를 내가 찾아 헤맸는지

또 하루해가 서산을 넘어가고
하루해가 또 동녘을 물들이고
또 하루해가 서산을 넘어간다

내가 나를 찾아다니다가 나를 내가 잃어버렸는지
내가 나를 못 만나 이런지
내가 나에게 밀려나서 이런지

색즉시공色卽是空

새싹이 돋아나면 그 속잎에서
꽃이 피면 꽃잎 속에 들어
잎이 무성하면 그 잎 위에서
너는 내 귓전에다 입김을 보낸다

비 내리면 빗방울들과 함께
꽃들이 지면 지는 꽃잎들과 함께
천둥치면 천둥과 함께 번개와 함께
너는 네 노래를 들려준다
나뭇잎들이 지면 나뭇잎들과 함께
낙엽들이 뒹굴면 함께 뒹굴면서
눈 내리면 눈송이로 날리며

한결같이 너는 내게로 다가온다
꿈속인가 싶으면 꿈밖이고
꿈밖인가 하면 꿈속에서
너는 내게, 나도 네게 간다

불이문不二門 앞에서

마음이 흐렸다 갰다 흐리다

아직도 내려놓을 것들을
다 내려놓지 못해서다
다 비워내지 못해서다

꿈꾸는 나와 꿈밖의 내가
손을 맞잡지 못해서다
하나가 되지 못해서다

불국사 불이문 앞에 서서
연꽃들을 들여다본다
우두커니 들여다본다

연꽃들이 나의 등을 떠민다

불이不二의 바깥 길

나는 네가 되고 너는 내가 되려 하지만
너는 내가, 나는 네가 될 수 없어서
나는 나고 너는 너일 수밖에,
꿈밖의 꿈은 한갓된 꿈인 것을
모르지 않으면서도 여전히 꿈을 꾸지만
나는 내 속에, 너는 네 속에 살고 있어
꿈밖은 꿈밖, 꿈속은 꿈속이라
네가 나를, 나는 너를 살지는
못한다는 걸 알면서도 목이 말라서,
나는 네가, 너는 내가 되려고 애쓰지만

오늘도 너와 나는 함께, 그러나 따로
꿈밖에서 꿈길을 더듬어 나서보지만
불이의 바깥 길, 헤매고 맴도는 것을,

눈을 감으면

눈을 감으면 보인다

떠돌던 내가 내게 돌아온다

내가 보이지 않던 나를 들여다본다

지난날의 나는 보이지 않고

작아질 대로 작아진 내가 우두커니

적막에 갇혀 나를 바라본다

나는 지금 어디쯤 가고 있는 걸까

정처 없이 길을 헤매는 내가

눈을 감으면 보인다

어떤 길

눈을 감아야 보인다
귀를 닫아야 들려온다

귀를 열고 눈뜨며 걷는다
엉거주춤 길이 물러서고 만다
눈을 감으며 귀도 닫는다

길이 일어서 걸어간다
내가 내게 걸어온다

내가 나를 보고 있다
나를 내가 듣고 있다

글썽이다

물방울 속으로 들어간다
물방울이 된 나는
물방울 속에서 내다본다

투명하고 영롱하게
담백하고 정갈하게

풀잎에 글썽이는 아침 이슬
이슬방울로 잠깐
나도 햇살 받으며 글썽인다

우주와 나

숨을 들이쉬면
바깥이 내 안으로 숨을 내쉰다
내가 숨을 내쉬면
바깥이 어김없이 나를 들이쉰다

나와 우주는 들숨날숨의 관계,
이 관계를 모르고
나는 속절없이 애태운 것일까

우주와 내가 하나인 줄 모르고
헤매기만 한 걸까
바깥에서도 안에서도 언제나
겉돌아온 걸까

잠깐 꾸는 꿈같이

담담해지고 싶다

말은 담박하게 삭이고
물 흐르듯이 걸어가고 싶다

지나가는 건 지나가게 두고
떠나가는 것들은 그냥 떠나보내고

이 괴로움도, 외로움도, 그리움도
두 팔로 오롯이 그러안으며

모두 다독여 앉혀놓고 싶다
이슬처럼, 물방울처럼

잠깐 꾸는 꿈같이

중심

불꽃은 위로, 돌은 아래로만
제 중심을 향해 움직인다
중심 잡기는 제자리 찾기,
그 자리를 향한 기울기이다

돌을 들여다본다
불꽃을 바라본다
물이 흘러내린다

나는 위를 향한 꿈을 꾸다
아래로, 아래로 내려간다
마침내 불꽃이 타오른다
나지막한 중심에 다다른다

당신과 나
—고요는 순수한 현존이다(안셀름 그륀)

당신이 여기 있어 나도 여기 있네

그러므로 이젠 더 바랄 것이 없네

당신이 빛으면 내가 듣는 이 고요

고도孤島
—또는 고독

나는 내 안에서 쉰다

안 보이던 문이 문득 열린다

눈을 감은 채 그 안으로 들어간다

흔들의자 하나가 나를 맞이해 준다

그 의자에 앉아 쉰다

불현듯, 어떤 크고 부드러운 손이

내 어깨를 토닥이더니 그러안는다

그 신비의 품에 깊숙이 든다

나는 내 안에서 쉰다

시간은 오늘도

어디에서 어디로 가는지
시간은 그저께도 어제도,
오늘도 같은 걸음으로 간다
뒤로 가거나 옆으로 가지 않고
오로지 앞만 바라보며 외길을 간다

아무리 붙들려 해도 매달려 보아도
막무가내, 옷자락을 끌며 간다
강을 건너고 산을 넘어간다
아침에도 한낮에도 가고,
한밤에도 새벽에도 간다

쥐똥나무 울타리를 지나,
앞마당과 섬돌을 지나서
보이지 않는 바람같이 간다
아무 소리도 없이 표정도 없이
빛 따라 어둠을 따라 아득히 간다

아무리 아파해도 아랑곳하지 않고
제 길을 마냥 잰걸음으로 간다
단 한 번도 돌아보지 않고
비정하게 어디론가 간다
똑같은 걸음으로만 간다

II

남풍南風

강가의 보리밭이 푸릇해졌다
이제 곧 종달새들이 돌아오려는지,
강물소리도 한결 경쾌해졌다

겨우내 움츠렸던 마음을
불어오는 남풍에 맡기듯 걷는다

옛 기억들이 보리밭 사이 길 따라
따스하게 밀려온다
그리움 저 너머 안 잊히는 얼굴들,

어디서 무얼 하며 어떻게 사는지
오늘따라 궁금하다
그 이름을 차례로 불러 모아본다

강가의 보리밭에 종달새 돌아오면
그 지저귐에 깃들고 싶다

불어오는 남풍을 그러안으며
아득한 옛 시절로 거슬러가고 싶다
그때 그 남풍에 안기고 싶다

옛집, 적막

오랜만에 찾은 옛집,
적막이 적막을 껴입고 있다
바람소리 낮게 스쳐 지나갈 뿐
옛 기억은 먼 아지랑이다

담장 안으로 고개 내미는
목련나무는 꽃잎을 틔우다 말고
졸음 겨워 쉬고 있는 중일까
숨죽이고 있는 걸까

수상하게 뒤틀린 세상

하지만 따스한 햇살,
봄은 어김없이 오고 있건만
무너질 듯 퇴락해버린 지붕엔
구름 그림자가 멈춰 있다

안 잊혀, 꿈에도 못 잊어
그리운 시절을 더듬어 나선다
잃어버린 시간은 영영 다시
오지 않을지라도,

봄 전갈
—2020 대구 통신

오는 봄을 잘 전해 받았습니다
사진으로 맞이할 게 아니라
달려가 맞이하고 싶은 마음 굴뚝같지만
질 나쁜 바이러스 때문에 그럴 수가 없군요
사진 속의 눈새기꽃에 가슴 비비고
너도바람꽃에 마음을 끼얹고 있습니다
이곳은 지금 창살 없는 감옥,
육지에 떠 있는 섬 같습니다
노루귀꽃 현호색 꿩의바람꽃
데리고 오시겠다는 마음만 받겠습니다
안 보아도 벌써 느껴지고 보입니다
소백산 자락에 봄이 오고 있듯이 머지않아
이곳에도 봄이 오리라고 믿고 있습니다
너도바람꽃이 전하는 말과
눈새기꽃 말에 귀 기울입니다

당신은 괜찮으냐고, 몸조심하라고

안부전화가 걸려올 때마다,
그런 문자메시지가 줄을 잇고 있어서
고맙기는 해도 되레 기분이 야릇해집니다
이곳이 왜 이 지경까지 되어버렸는지
생각조차 하기 싫어집니다
마스크 쓰고 먼 하늘을 쳐다봅니다

오늘도 몇 사람이 세상을 떠났습니다
코로나 바이러스에 감염된 사람들이
날마다 눈덩이처럼 불어나 억장이 무너집니다
하지만 그 끝이 보일 때가 오겠지요
더디게라도 새봄이 오기는 올 테지요

매화 지는 밤
—이백李白과 자하紫霞를 기리며

매화 지는 밤
환하게 내리는 달빛 비단자락

달 따러 간 사람을 떠올리며
기울이는 술잔,

그리운 사람들
마음에 들어앉히며 또 몇 잔

수선화가 오기를 기다리면서
다시 또 몇 잔

봄, 꿈

문이 덜 닫혔다
누가 몰래 다녀갔는지,
닫혀 있던 문이 조금 열렸다
잠깐 졸았을 것 같은데
잠들었던 것일까

(봄바람이었나, 꿈결이었나)

창밖에는 새소리,
막 꽃피운 춘란 향기가
방 안에 은은하게 스며 흐른다
어렴풋이 스쳤던 꿈이
새삼 선명해진다

와락

벚꽃들은 와락 피었다 와락 진다

그가 나를 와락 끌어안을 때

피가 뜨겁게 돌듯이,

이내 우두커니 서 있게 되듯,

벚꽃은 밀물이다가 바로 썰물이다

물이 닥쳤다가도 순식간에

쓸려나가는 것처럼,

그러고 난 뒤 큰 갯바위가

하늘을 멍하니 올려다보는 것처럼,

스스로의 방향을 모르면서도

바람은 가고 있듯이,

내가 왜 왔는지도 모르는데

벚꽃들은 와락 왔다가 와락 간다

봄, 기다림

창가에 앉아 기다립니다
그 사람은 돌아오지 않습니다

유리창에 비치는 소나무 그림자,
보이지 않는 데서 멧새들이
맑고 밝게 지저귀지만
벚꽃들은 다 떨어졌습니다
자목련 몇 송이도 져버렸습니다

맞은편 산발치에서 어정거리는
봄은 발걸음이 노곤합니다

봄이 당도하면 그 사람이
오기를 기다리게 마련입니다

지난해도, 그 전해도 그 사람은
소식조차 없었습니다마는

바로 이 창가에 앉아
가슴 죄며 기다렸습니다
못 올 줄 알아도 애태웠습니다

그 사람 영영 돌아오지 않아도
창가에 앉아 기다립니다

바람의 무늬

봄 같지 않게 스산한 날

떨어지며 흩날리는 벚꽃들을 바라본다

눈을 지그시 감았다 뜨면

이른 봄날 내리던 눈송이들로 보인다

창밖에 바람 불고 있듯이

가슴에도 써늘한 바람이 불어서일까

창유리 저쪽같이 이쪽도

유리알같이 투명하게 아픈 바람무늬들

풍란이 나를 넌지시 본다

오고 가고

꽃이 핀다 꽃이 진다
오는 사람은 오고 가는 사람은 간다
안 와야 할 것들이 오고 안 가야 할
것들이 간다 가면 오는 것들이 가고
가면 못 오는 것들이 간다 오면 가지
못하는 것들이 오고 가면 못 돌아오는
것들이 간다
돌아오고 돌아가고
못 돌아가고
못 돌아온다 바람 불고 세월이 가고
붙들어도 세월은 가고 바람이 분다
기다리면 오고 안 기다리는데 오고
붙잡아도 가고 붙잡지 않아도 간다
가는 사람은 가고 오는 사람은 오고
꽃이 진다 꽃이 핀다

후투티

한낮에 후투티가 돌아왔다

황갈색 유건을 쓴 양반 같기도 하고
멋을 부리는 바람둥이 같기도 하다

왜 검고 흰 줄무늬 도포를 입고 있는지
왜 저리도 주둥이가 길고 가는지
자나 깨나 유건을 쓰고 있다고
지체가 높고 근사해 보일까
후투티의 모자를 어떤 사람은
바람난 양반의 유건 같다기보다
인디언 추장의 머리장식 같다고 한다

접었다가 폈다가 할 뿐 단 한 번도
언제 어디서든지 벗지 않는 모자라니,

후투티가 뽕밭에 날아든다

바람난 양반이든 인디언 추장이든
무슨 상관이냐는 듯이
뽕 따는 아낙들은 반색을 한다
뽕나무는 더욱 그럴 것 같고
벌레들은 숨거나 줄행랑치겠지
뽕밭 누비는 후투티는
거드름 피우듯 모자를 흔들어댄다

버들개지

꽃들이 피고 진다
사시사철 꽃들은 피었다 진다
시든 꽃잎들이 떨어져 뒹군다

눈꽃도 얼음꽃도 녹아내린다
햇살만 두터워지면 진다

봄철의 버드나무 꽃잎은
떨어지지도 뒹굴지도 않는다

시든 뒤에 하늘을 날아다니는
버들개지는, 떨어지는 꽃들이
보라는 듯이 난다

예쁘지도 화려하지도 않은
버들개지들은 지면서야 비로소
제 세상 향한 날개를 단다

산문山門 점묘 1

햇살 노곤한 산문의 봄날
낯선 새 한 마리 낮게 지저귄다

암자 바깥의 노송 그늘에
두 뺨이 발그레한 사미승이 앉아 있다
졸고 있는지
서러운 건지
꿈을 꾸는지
산마루에 한가로이 걸린 구름 한 자락
물끄러미 내려다보는 걸까

노스님의 독경소리가 나지막이
새소리에 포개지고 있다

산문山門 점묘 2

저녁노을을 이고
새들은 어디서 날아드는 걸까

절집 쪽문 열고 귀 기울이면
땅거미 디디며 오는 풍경소리,
그 앞을 가로질러 안기어드는

독경소리, 목어소리

비단벌레차를 타고 황홀해하던
첨성대 앞마당 핑크뮬리들이
예까지 따라와 어우러진다

그 분홍쥐꼬리새 자주꽃들도
바람에 묻어온다

한여름

웟도리 벗은 두 아이가

수박을 두 쪽으로 갈라놓는다

때마침 매미들의 합창소리

원두막 지붕 위엔 태양이 이글거린다

두 아이가 수박을 다 먹어치울 동안

비지땀의 수박밭 주인장은

원두막 그늘에 누워 코를 곤다

두 아이만 신바람 난다

불볕 대낮

바람도 멈춰 서버린 불볕 대낮
냇물이 숨죽인다
매미 울음도 멎고
후박나무는 늘어져 누우려 한다
두터운 그늘에 모여앉아 수박을 먹는
아이들의 구릿빛 이마에는 줄줄
흘러내리는 땀방울,
다들 더워 먹어도
시간만은 제 발걸음으로 간다

능소화들이 뚝뚝, 뚝
목이 꺾이면서 잇달아 떨어진다
흐릿한 낮달도 산딸나무 가지에
기진맥진 걸려 있다

한여름의 천사

따갑게 내리쬐는 햇빛,
여름 장맛비에 주눅 들어 있던
페튜니아들이 생생하다

발랄하게 춤추는 발레리나 같다
구슬땀 흘리며 나도 모르게
그 꽃잎 속으로 빨려 들어간다

페튜니아 빨간 꽃들은
내 혼에 불 지르는 요정 같다
한여름의 천사들 같다

개울가 물푸레나무

개울가에 서 있는 물푸레나무가
발치의 흐르는 물을 내려다보고 있다

가만히 매무새를 가다듬는 중인지
안으로 푸르게 물을 길어 올리며,
하늘 한 자락 끌어당겨 쟁이면서,
하늘과 땅을 아울러 그 안에 둔다

누군가를 간절하게 기다리고 있는지,
스쳐 지나가는 바람과
시간의 발걸음을 들여다보고 있는지,

새들이 날아들어 지저귀고 있어도
아랑곳도 하지 않는 자세 그대로
연신 옷깃 여미고 있는 것 같다
수수하면서도 정결한 여인과 같이,

오직 한 사람을 기다리는 여인과 같이,
개울물소리에 귀를 맑히고 있다

황혼에

날이 저문다
새들도 둥지에 든다
서산 위엔 몇 가닥 노을,

낮달은 아직 나뭇가지에 매달려 있다

창가에 우두커니 앉아
오지 않을 사람을 기다린다
기다림을 부둥켜안으며
안으로 또 안으로 내려간다
맥이 풀리는 매미소리,

페튜니아들도 빨간 꽃잎을 오므린다

나뭇가지를 흔드는 바람,
하늘에는 여기저기
별들이 뜬다

불빛 하나

밤중의 희미한 등불
제 그림자 딛고 서서 떨리는 불빛을
자꾸만 흔드는 바람

너는 기어이 떠나고
흔들리는 불빛에 마음 끼얹고 있으면
애끓는 풀벌레소리

잊으려 하면 할수록
더욱 애달피 어른대는 너의 뒷모습
어둠 속의 불빛 하나

III

페튜니아

창 너머 활짝 핀 페튜니아들이
창가로 마음을 불러낸다
늦봄에서 여름 지나 가을이 오는데
날이면 날마다 나를 창가로 불러낸다
불려나가면 마음이 환해진다

비 내리는 날엔 내가 부르면
토라져 웅크리고 있다가도 비 그치면
언제 그랬느냐는 듯이 나를 반긴다
햇빛을 되쏘면서 그런다
앙증스러운 얼굴로 활짝 핀다

창가에 앉아 페튜니아들과 함께
오는 가을의 발걸음을 막아서 본다
페튜니아들이 내 마음을 붙든다

가을 한나절

잎사귀 떨구는 나뭇가지에 앉아

재잘거리는 멧새 서너 마리

꽃잎 시드는 페튜니아 옆엔

모닥불을 빨갛게 지피는 샐비어들

가을 한나절 장독대 위에는

빗금으로 내려와 앉는 햇살

나지막이 고추잠자리들 날아들고

황혼 길

가고 싶은 길은 여전히 아득하다
호주머니에 두 손을 찌르고
서산마루에 걸려 있는 저녁놀을 바라본다
이름 모를 작은 새 한 마리
산발치의 홍단풍나무 가지에 내려앉는다
단풍잎들이 시나브로 지고
붉은 노을이 그 위에 포개진다

페튜니아 빨간 끝물 꽃잎들은
애처로이 줄기에 매달린다
샐비어들은 보라는 듯 꽃잎을 터트리며
생명에 불 지피고 있는지,
빨간 꽃들이 내 눈길을 번갈아 붙잡는다
호주머니의 두 손을 빼고
가도, 안 가도 그만인 길을 간다

늦가을 한때

탱자나무 울타리 너머
까치밥 몇 개 달고 서 있는 감나무
그 너머의 감태나무
마른 잎사귀에 반쯤 가려진 낮달
지팡이 짚고 천천히
멀어지는 노파의 꾸부정한 뒷모습
서늘한 바람과 함께
서산마루를 넘는 구름 몇 가닥과
후렴만 부르는 새들
그 소리를 받아쓰는 듯한 개울물
늦가을 늦은 오후의
그 풍경 속에 깃들며 걷다가 말다
가다가 서다가 한다

심산행深山行

산길을 걸으면
나무들이 맨몸으로 맞아준다
온몸으로 느껴지는 숨결들

소나무와 낙엽송
잣나무와 물푸레나무
서어나무를 품으며 걷는다

오솔길가에 줄지어 서 있던
단풍나무와 느티나무들도
뒤에 따라오고 있는지
뒤돌아보게 한다

뒤따라오고 있다
깔딱고개*에 오른 뒤
다시 계곡 길로 내려간다
소나무들의 피톤치드 탓인지,

계곡물의 음이온들 탓인지,
먹을 감은 기분이다
마음이 삽상하다

깊은 산속은 적멸보궁 같다
나무들은 넌지시 길을 인도해주는
길라잡이 같다

* 대구 팔공산의 한 고개 이름.

청단풍

홍단풍나무 잎들이 진다

절규가 체념으로 바뀌는 순간일까
체념 다음은 절망일까, 희망일까

그 옆에 서서 묵묵히
푸른 잎들을 떨구는 청단풍나무,
붉은 절규가 남의 일 같아서일까
절규도 체념도 푸른빛일 뿐,

홍단풍은 더 붉어지다 지고
청단풍은
하나같이 그냥 그대로 진다

청단풍은 어쩌면 제 속성이
절망이고 절규여서 그런 것일까
내 눈에는 왜 지는 홍단풍보다

더 처참해 보이는지,

청단풍나무가 더욱 지독해서일까
홍단풍보다도 절실한 희망 탓일까

청단풍나무 잎들이 진다

산그늘

빗금으로 내리던 비가 그치고
산허리를 감고 돌던 안개도 걷히고
산으로 가는 길이 저만큼서 걸어온다

내가 걸어가기 전에 가까이 다가서는
솔숲 오솔길을 따라 산그늘에 든다

멀리서 희미하게 들리는 목탁소리
산골짜기를 흔들어 깨우는 물소리

멧새들은 그 소리들을 따라나서는지
나와는 다르게 산길을 내려가고 있다

바랑 진 노승도 무덤덤 스쳐 내려가고
솔숲 위로는 유유히 떠가는 구름 떼
여전히 외롭게도 환한 산그늘

범종소리

새들이 둥지로 날아든다

희멀겋던 낮달이 얼굴빛 되찾으며
산마루의 나뭇가지에 매달린다

저편 산마을에는 불빛이 하나둘 켜진다
풀벌레소리에 귀를 열고 있는 동안
조그만 못물 위에 별들이 모여 앉는다
나는 왜 이 고즈넉한 산골짜기에서
어두워질 때까지 서성거리고 있었을까

들리다가 말다가 하는 범종소리,
그 소리 쪽으로 발길을 내어디딘다

낙엽이 발등에 떨어진다

적요寂寥

나무 병풍 사방에 두르고
어스름을 이고 앉아 있는 절 한 채

적멸보궁 위로 내려앉는 저녁놀에
번지는 풍경소리, 새소리

그 소리를 따라 가까이 다가서면
발치에 떨어지는 나뭇잎들

노승의 독경도 이내 끝나고
어둠을 따라 켜켜이 쌓이는 무명

돌아서면 하산 길도 보이지 않고
갈 길은 더욱 멀기만 할 뿐

코 없는 돌부처

돌부처의 코가 없어졌다
누가 베어 간 것일까

애를 못 낳아 구박받는
여인의 소행일까

입가의 미소로 보아 그럴 것도 같고
눈을 들어 멀리 바라보고 있으니
어떤 망나니의 못된 짓일 듯도 하다

하지만 좌우지간
침묵할 수밖에 없을 터

결가부좌로 정토행
묵언수행 중일 것 같다

금상첨화錦上添花

잎을 다 떨궈버린 계수나무가
뒷마당 모퉁이에 서 있다
잘 다듬어진 시詩 같다

낯선 새 한 마리가 날아들어
나지막하게 지저귄다
금상첨화다
점입가경漸入佳境이다
말을 줄여버린 말의 오묘함,

그 위에 군더더기 없이
곁들여 포개지는 저 운율,
불현듯 한겨울이 포근해진다

원장현의 대금산조

창가에 기대서 눈을 감고 듣는
원장현의 대금산조 '날개'
그의 젓대소리는 색채를 지워
깊은 울림을 거느리는 단색 그림 같다

가라앉듯 솟아나는 대지의 기운
느긋하게 지나가는 바람소리
유유자적 걷는 사람의 뒷모습이

마치 되돌아오듯이 가까이 다가든다
이따금 섞여 나오는 숨소리는
생동하는 자연 그대로다
그의 가슴이 뜨겁게 느껴진다

눈이 내리네

눈이 내리네
그대 흰 스카프도 내리고
몇 마디 상큼한 말도 내리네

그대의 흰 목덜미가 보이고
감은 눈의 속눈썹도 보이고
수줍어 차마 말하지 못해서
입술에 맴을 도는 몇 마디 말,
그 설렘의 빛깔도 보이네

눈이 내리네

은빛 두근거림이 내리고
마중하러 간 내 마음도 내리네
주전자가 하얀 김을 내뿜고
가슴속 기다림도 데워지고
불현듯 불꽃 하나 타오르네

꿈결이듯 아니듯 그대 오고
축복같이 은총과도 같이
눈이 내리네

빈 하늘

구름들이 노닐다 가고

오락가락 비를 뿌리다 개고

천둥번개 퍼붓다 말짱해진 하늘

멀쩡하다가 폭설을 쏟기도 하더니

봄도 머잖은 겨울 하늘,

구름 떼도 다 어디로 가버렸는지

가끔 날던 새들도 보이지 않고

잔설을 스치며 오는 찬 바람

허공만 부풀린 빈 하늘

한겨울 점묘
—모성애

포대기에 아기를 감싸 안은 중년 여인이
감태나무를 올려다보고 있다

한겨울 풍경 중의 백미 같다
보채는 아기를 다독이는 어머니 마음,
안간힘으로 묵은 잎사귀들을 그대로 붙들고
새잎 돋는 봄을 기다리는 감태나무의
말하지 않는 말들이 들린다

이 정경을 끌어당기노라면
눈발 사이의 범종소리도 한결 성스럽다

폭설暴雪 뒤

폭설 그치고 난 뒤
갠 하늘이 팽팽해진다
투명한 고드름이 툭, 떨어진다

쌓인 눈은 빛을 죄다 반사한다
마음의 침침한 그늘도
훤하게 비추어준다

순수무채색의 반란,
이 백기, 이 공허에는
비워지고 지워졌다 차오른다

눈은 모든 빛을 끌어당겨서
팽팽하게 되쏘아댄다
온 세상이 눈부시다

강, 강물

강은 제자리에서만 묵묵히
흘러드는 물을 떠나보낸다

하늘을 떠받들며 깊어가는 강은
비워내면 곧바로 채워진다
채우는 것이 아니라 흘려보낸다

강물은 하늘을 업으며 지나간다
강둑에 우두커니 서 있던 미루나무가
지나가는 물 위에 물구나무선다

왜가리 한 쌍도 슬며시 끼어든다
미루나무 그림자 위의 하늘에
올라타다 긴 주둥이로 쪼아댄다

나는 물결 위의 구름을 따라,
강물을 따라가다 말다 한다

계단

계단을 올라가고 있는데

맞은편 계단으로 그늘이 내려온다

눈을 내리깔면서 올라가는 중인데

눈을 치켜뜬 계단이 나를 쳐다본다

계단을 다 오르면 무엇이 기다릴까

앞서거니 뒤서거니 바쁜 바람소리
잎 다 떨궈 월동 준비를 마친 벚나무들이
외투 입은 나를 왜 저리 바라볼까

입고 벗는 월동 방법 차이 때문일까

문득 어디선가 들려오는 탬버린소리

겨울풍의 그 소리가 탱글탱글하다

그늘이 내려오다가 걸음을 멈춘다

나도 계단에 멈춰 선다

IV

먼 풍등風燈

풍등이 하나 허공에 떠 있다
새들이 따라나서듯 날아오르고
날이 어둑어둑 저문다

강둑에 모여 있는 사람들은
풍등에 어떤 마음을 담아 띄운 걸까
거꾸로 가는 세상이 답답해서일까
세상이 바뀌기를 바라기 때문일까
까치발로 쳐다보는 강 이쪽의 나도
풍등에 소망을 얹어 본다

어느 별에 깃들었는지,
멀어져가던 풍등이 보이지 않고
사람들도 뿔뿔이 흩어져 간다

허공엔 모여앉아 반짝이는 별들,
나는 어둠 속에 그대로 붙박인다

돌탑

초저녁 달빛이 미끄러져 내리는
산마을 어귀의 돌탑 하나

누가 저리도 간절한 마음을
포개고 또 포개어 놓았는지

누가 저리도 크고 작은
소원들을 쌓아올렸는지

돌탑은 잘 알고 있으련마는
오로지 묵묵히 기도 자세다

달빛 물고 온 새 한 마리가
그 꼭대기에 앉아 지저귀고 있다

어떤 광장

나무에 올라가 물고기 잡으려는 사람들처럼,
누가 뭐라 하든 손바닥 뒤집듯 말을 뒤집으며
손바닥으로 하늘을 가리려 하는 사람들처럼,
콩을 팥이라고 하고
팥을 콩이라 우겨대고 있네

긴 줄 늘어서서 거꾸로 가는 사람들도
떼 지어 바로 가는 사람들을 질타하네
탈을 썼다가 아예 얼굴을 버린 사람들,

광장 가득 붐비고 누벼대네
앞으로 나아가려 하면
지난날들을 불러 모아 곤장치고 주리를 트네
뒷걸음질하자는 것인지, 배를 산으로 떠미는지
바른말은 뭇매질하고 거짓말들만 판을 치네

저 광장에 넘치는 아우성, 아우성,

그 옛날의 빌라도 광장이
저 모습과 무엇이 달랐을까
자욱한 안개, 그 속에는
길을 잃는 길들만 요동칠 뿐이네

안개나라

안개 너머 허상도 실상으로 보이듯이,
가버린 시절이 돌아올 것만 같아
꿈속에서까지 기다리듯이,

하염없습니다

안개 자욱한 강가에 서면
찰나가 영원이고 영원이 찰나라는
명언도 뜬금없는 궤변으로 들립니다

그런 안개 속입니다

요즘은 안개가 걷혀도 안개 속입니다
세상이 거꾸로 돌아가고 있는지
내가 거꾸로 가는지조차

알 수 없습니다

거짓과 참이 뒤바뀌는지,
도대체 언제까지 이러려는 건지,
거짓만 창궐하는 것 같아 기막힙니다

마차가 말을 끌듯이

꿈꾸며 그 꿈을 좇아가 봐도
몸부림쳐 봐도 거기가 거기다

한때는 모든 걸 내려놓듯이
꿈꾸듯 말듯 걸어가려고 했다
적막을 따뜻하게 끌어안으려 하고
보이고 느껴지는 것들을 뒤집으면서
그 뒤집은 모습만 보려 했다
절망을 절망하려 애태웠다

하지만 역시 그냥 그대로였다
나는 유리벽 이쪽에 있을 뿐

아무리 눈을 비비고 보아도
더 나은 세상은 오지 않는다
꿈은 꿈으로, 기다림은 기다림으로
그 자리에만 주저앉아 있는 건지,

마차가 말을 끌듯이, 세상은
요지부동, 나아가지 않는다

몸부림쳐 봐도 거기가 거기고
되레 거꾸로 가는 것만 같다

잘못에 대하여

네가 잘못하는 건지,
내가 잘못 보는 건지,
네가 옳다고 우기고 있지만
내 눈에는 그렇게 보이지 않는다

그렇게 보는 내가 잘못인지,
네가 잘못이라는 걸
몰라서 그러지 않고
내가 몰라서 그리 보이는지,

네가 잘못인 줄 알고 있으면서도
그럴 수밖에 없는 처지여서
내가 아니라고 말려도
그렇게만 가는 건지,

네 잘못이 아니라, 그런 세상
탓이 아니라, 내가 세상을 잘못 보고

너를 잘못 보기 때문이었으면 좋겠다
정녕 네 잘못도, 세상 잘못도 아니라
순전히 내 탓이었으면 좋겠다

미망迷妄

잠깨니 미명未明이 미망이다
간밤 꿈에서 만난 그 새 한 마리가
희뿌연 유리창 저편
소나무 가지에 앉아 지저귀는 걸까
희미하게 들리다 말다 하는

새소리, 바람소리

여명黎明엔 없는 게 있어 뵈고
있는 것들이 없어 보이는 것일까
지금도 그제와 같이
미명이 미망을 등에 업고 와서는
잠이 덜 깬 나를 들여다본다

오른쪽에서

서쪽으로 떠난 사람들이

동쪽으로 다시 돌아오듯이

왼쪽으로 가는 사람들이

오른쪽으로 돌아오기를 기다린다

바른쪽이 오른쪽이므로,

우리가 살아왔던 동쪽에서

살던 대로 살기 위하여

바르게만

지키려는 사람들과 바꾸려는 사람들이
함께 있지만 등 돌린 채 따로 있네
이젠 바뀐 걸 지키려는 사람들과
바뀐 걸 다시 바꾸려는 사람들이
따로 가면서 등 돌린 채 함께 있네
지키려는 사람들과 바꾸려는 사람들이
뒤집혀서 지키려 하고 바꾸려 하네
돌고 도는 게 인간 세상이라지만
지킬 것과 안 지킬 것이 뒤집혀
세상이 거꾸로 가고 있는 것만 같아
바르게 바로잡아 함께 가고 싶어지네

나는 언제나 바르게만 가고 싶네
그렇게 가는 게 쉬운 길이 아니라도
누가 뭐라든 그렇게만 가고 싶네

망연자실茫然自失

이른 봄 날씨가 변덕스럽다
목련꽃이 피다 말다 활짝 핀다
이내 다 져버리고 만다

미친 사람 널뛰기하듯이
세상이 흐렸다 갰다 캄캄하다

이젠 아예 갤 것 같지도 않다
망연자실 섰다가 앉는다

시든 꽃잎을 들여다본다
갔던 길로 봄이 되돌아오듯이
세상의 봄도 오기는 올는지

빗소리, 빗길

옛집 툇마루에 앉아 빗소리를 듣는다
예순 해 전에 듣던 그 빗소리도
함께 어우러져 다가온다
아득하게 흘러왔건만
그때 그 구부러진 길도
빗줄기 새로 어른거리고 있다
나는 그 길, 그 빗소리 따라 나선다

한숨과 좌절의 세월이었다
그때는 앞길이 흐리기만 했다
절망을 깊이 부둥켜안으며
쓰러졌다가 일어나고
일어섰다가 쓰러지곤 했다
기댈 언덕조차 아무 데도 없어
헌 고무신짝처럼 뒹굴었다

퇴락한 옛집에서 텅 빈 채 비에 젖는다

잡초 무성한 마당을 서성이면
갈 길도 가물가물 물러선다
다시 어디로 가야 할지,
속절없이 빗길을 바라본다
앞산이 느릿느릿 다가서면서
가던 길 그대로 가라고 귀엣말을 한다

옛집에서의 하룻밤

옛집에서의 하룻밤
유난히 내 숨소리만 크게 들린다
창 너머 달도 별들도 숨죽이고 있는지,
이따금 끼어드는 문풍지 떠는 소리,
예까지 따라온 내 발소리

눈감아도 눈뜨고 있어도
천장에 매달리고 벽을 오르내리는
옛날의 기억들, 잊힌 줄 알고 있었는데
떼를 지어 줄을 지어 밀려온다
방 안을 가득 메운다

반세기도 훨씬 이전
살을 에는 칼바람과 휘몰아치던
눈보라, 눈감고 있으면 그대로 보인다
내 숨소리가 더 거칠게 들릴 뿐,
내 발소리도 박제되고 있다

잣나무가 소나무에게

나는 그늘에서만 제대로 자라지요
당신의 그늘에 나를 품어주세요
햇빛을 향해 팔을 쭉쭉 뻗는 당신은
햇살을 그 팔과 온몸으로 가려주세요
나는 응달을, 당신은 양달을 좋아해
우리가 알레로파시 관계라더군요
하지만 어린 나에게 아직은 당신의
그늘이 절대적으로 필요할 때거든요
내가 당신 도우려면 더 커야 해요
그러니 당신 그늘에만 있는 내게
넉넉한 그늘을 드리워줘야 해요
나도 때가 되면 당신 따라나서며
태양을 향해 팔을 쭉쭉 뻗을 거예요
당신 곁에 언제까지나 함께 있으면서
머잖아 내가 당신보다 더 클 거예요
그땐 나를 따라 팔을 뻗으세요
내가 당신을 잘 보필할 테니까요

로베르, 드망즈*…

푸른 눈의 사제들이
푸르게 눈을 떠보게도 하지만
그 옛날은 아득히 멀기만 하다
지구 저편 먼 나라와 이 도시** 사이
그 옛날과 지금의 이 순간 사이
오로지 사랑과 이 부끄러움 사이의
나는 한 알 먼지처럼 작아진다
두 손을 모으며 눈감고 보면
한없이 더 작아진다

이역만리 먼 곳에
베풂과 희생으로 사랑을 심던
로베르, 드망즈, 무세…
그 옛날은 가고 돌아오지 않지만
그 사랑은 한결같이 하늘에 있다
이곳에서 우리를 그러안아 준다
로베르, 드망즈, 무세…

부르면 부를수록 목마르지만
하늘은 눈부시다

여기 이대로 바위라도 되듯이
먼 하늘 우러르며
헐벗은 채 목 태우고 있을 뿐,

* 프랑스 사제들.
** 대구.

너도 가고 그도 가고

너도 가고 그도 가고 나도 간다
나만 홀로 되돌아온다

그도 너도 가서 안 돌아오고
이따금 꿈속에만 되돌아온다

오면 가고 가면 다시 오는 계절 따라
오늘도 가다가 멈추어서다 다시 간다

갈 줄밖에 모르는 세월 따라
너도 그도 영영 가버린 걸까

나는 어디서 왔다가
어디로 가는지도 모르고 간다

요즘 꿈길

안 보이는 걸 보려고
어제도 기다렸다

오늘도 기다린다
안 보이는 걸 찾으려고

내일도 기다리며 참는 것이
한결같은 나의 길,
설령 끝내 보이지 않더라도

보려고 찾아나서는 것이
내가 꿈을 꾸는 길

기다림과 참음이
오래된 꿈길인 것을,

바람이 분다

바람이 분다
하염없이, 속절없이,

끝이 시작이고 시작이 끝이듯이
시작도 끝도 없이
여기가 거기고 거기가 여기듯이
거기도 여기도 없어진 채
내가 네가 되고 네가 내가 되듯이
너도 나도 다 없어져버려
시작이 끝이고 끝이 시작이듯이
끝도 시작도 없이
너도 가고 나도 가야만 하듯이

속절없이, 하염없이,
바람이 분다

ㅁ해설

바라보기와 꿈꾸기, 적막한 평화의 수채화

조 창 환(시인, 아주대 명예교수)

ㅁ해설

바라보기와 꿈꾸기, 적막한 평화의 수채화

조 창 환(시인, 아주대 명예교수)

I

나는 이태수 시인과의 오랜 인연을 소중히 간직하고 있다. 이태수 시인과 나는 문단 데뷔도 엇비슷하고 나이도 비슷하고 같은 가톨릭 신자라는 점도 공통된다. 그는 대구를 중심으로 활동하고 나는 서울에 살고 있어 멀리 떨어져 있지만 우리는 오랫동안 마음속으로부터 존경의 념念을 지닌 외우畏友의 관계를 맺어왔다. 그러나 이런 외적인 조건보다 내가 그를 특별히 가까이 느끼는 이유는 그의 인간됨과 시세계의 깊이 때문이다. 그는 온유하고 화평해 보이는 외관 속에 짙은 사색의 음영을 지니고 있다. 그의 겸허하지만 자존감이 강한 성격은 부드러움의 힘을 느끼게 한다. 이런 성격은 그의 시세계에도 그대로 반영되어 잔잔하고 담담한 고백체의 어조 속에 깊고 강인한 고뇌의 무늬를 그려 보여준다.

시력 45년이 넘는 이태수의 시세계는 그간 몇 번의 큰 변화를 보였지만 서정의 고삐를 늦추지 않았다는 점에서는 일관된 호흡을 유지하고 있다. 1979년에 나온 첫 시집『그림자의 그늘』이래 그의 시에 일관되게 흐르는 기조저음은 존재자의 실존적 방황과 영혼의 초월을 꿈꾸는 이상주의자의 자세라 할 수 있다.

이태수 시의 서정성은 때로는 현세적이고 때로는 내세적인 혼의 지향을 보여준다. 그의 시는 명상과 관조, 정화와 화해를 읊고 있지만 내면에는 깊은 고독과 고통의 흔적을 지니고 있다. 그의 시는 자아의 내적 성찰을 바탕으로 멀리 있는 다른 세상을 향한 꿈을 펼쳐 보이는 지성적 관조자의 모습을 띠고 있다. 이태수 시의 초월에 대한 감수성은 현세적 욕망 저편에 자리잡은 신비로운 절대세계가 있음을 긍정하는 자세에서 우러난다. 그것은 현상적 존재자의 한계를 극복하려는 노력이며 자아와 세계의 조화로운 합일을 꿈꾸는 동양적 정관의 세계와 상통한다.

이번 시집『유리창 이쪽』으로 그는 벌써 열여섯 번째 시집을 가지게 되었다. 대단한 정력가가 아닐 수 없다. 그 많은 시집들이 언어적 세련미나 메시지의 중량감에서 모두 탁월

한 수준을 유지하기란 쉬운 일이 아닌데, 이 시인은 그걸 해내고 있다. 그 비결은 무엇일까. 아마도 인간 이태수로 살기보다 시인 이태수로 살기를 열망하는 문학적 치열성 때문일 것이다. 그리고 이 문학적 치열성을 떠받치는 힘은 불멸에 대한 욕망, 영원에 대한 갈증, 절대가치에 대한 염원 때문일 것이다. 이제 이 시집이 보여주는 문학적 치열성의 내부를 탐사해보기로 하자.

Ⅱ

한 시인의 시세계를 밝혀내기 위해서는 그의 시에 자주 등장하는 시어들을 주의 깊게 살펴보는 것이 중요하다. 시인이 즐겨 사용하는 언어에는 그 시인의 문체적 특성뿐만 아니라 세계를 대하는 태도와 내면적 관심사가 드러나기 때문이다. 이태수가 즐겨 사용하는 어휘인 "나"와 "너", "꿈", "별", "유리창" 등의 명사들은 이미 몇몇 평자들에 의하여 그 의미와 상징성이 검토된 바 있다. 편의상 여기서는 이태수 시집『유리창 이쪽』에 등장하는 서술어 중 가장 눈에 띄는 어휘인 "보다"라는 동사로부터 논의를 펼쳐가기로 한다.

별은 아득한 하늘에 있고
나는 낮은 땅에서 쳐다보네

—「별과 나」 부분

눈을 감으면 보인다

—「눈을 감으면」 부분

눈을 감아야 보인다

—「어떤 길」 부분

돌을 들여다본다
불꽃을 바라본다

—「중심」 부분

떨어지며 흩날리는 벚꽃들을 바라본다
……
풍란이 나를 넌지시 본다

—「바람의 무늬」 부분

개울가에 서 있는 물푸레나무가
발치의 흐르는 물을 내려다보고 있다

—「개울가 물푸레나무」 부분

포대기에 아기를 감싸 안은 중년 여인이
감태나무를 올려다보고 있다

—「한겨울 점묘」 부분

눈을 치켜뜬 계단이 나를 쳐다본다

—「계단」 부분

미명이 미망을 등에 업고 와서는
잠이 덜 깬 나를 들여다본다

—「미망迷妄」 부분

그의 시에 등장하는 "보다"는 낮은 데서 위를 올려다보는 "쳐다보다"나 "올려다보다"도 있고, 높은 데서 아래를 내려다보는 "내려다보다"도 있다. 이 동사들이 위치에 관한 것이라면 "들여다보다"나 "넌지시 보다"와 같은 것들은 주체의 태도에 관한 것이다. "들여다보다"가 자세히 관찰한다는 능동적 느낌이 강한 데 비하여 "넌지시 보다"는 편안한 자세로 대상이 보이는 대로 본다는 피동적 느낌이 강하다. 그 밖에 "눈을 감으면" 혹은 "눈을 감아야 보인다"라는 표현은 본다는 행위가 심리적이고 내면적인 동작이라는 의미를 가진다.

그러나 이태수 시의 주된 "보다"는 "불꽃을 바라본다"나 "떨어지며 흩날리는 벚꽃들을 바라본다"와 같은 표현에서 드러나는 "바라보다"이다. 이 "바라보다"라는 어휘 속에는 무심하게, 담담하게, 편안하게 대상을 본다는 의미가 내포되어 있다. 주체의 긴장감이나 부담감이 없이 대상의 움직임이나 상태를 있는 그대로 응시한다는 느낌이 강하다. 대상에 대한 대결이나 투쟁의지를 지니지 않고 대상을 있는 그대로 받아들이는 태도라 할 수 있다. 동양적 정관의 자세, 평온한 관조의 자세를 지녔다.

시인은 왜 이렇게 바라보는 일에 집착하는 것일까. 무엇을 그토록 열심히 바라보는 것일까. 이 문제를 천착하기 위해서는 이 시집의 제목이 암시하는 바에 주의를 기울일 필요가 있다. 시인은 "유리창"을 의식한다. 시인이 서 있는 자리는 "유리창 이쪽"이다. 시인의 의식 안에는 유리창으로 분할되는 투명한 경계선이 항상 존재한다. 그 투명한 경계는 넘을 수 없는 벽이어서 절대적 지표인데, 동시에 투명하므로 안과 밖을 이어주는 역할을 하고 있다. 유리창 이쪽은 실존의 공간이며 생활과 생존의 공간이어서 현실적 주체의 터전이 된다. 유리창 저쪽은 초월의 공간이며 비현실의 공간이어서 주체가 꿈꾸는 이상의 세계다. 그것은 육체를 벗어난 영혼의 공간이며 현실을 넘어선 초현실의 공간이며 존재자의 현상적 한계를 극복할 초극의 공간이다.

이태수는 거울이나 유리창으로 매개되는 자의식에 사로잡힌 시인이다. 그의 열네 번째 시집 『거울이 나를 본다』에는 「유리창」이라는 시가 있다. 이 시에서 그는 "유리창은 투명하고 견고한 벽"이어서 "이쪽과 저쪽을 투명하고 견고하게 갈라놓고 말 것이 너무나 분명"하다고 말한다. 그러나 이 시의 마무리는 "분할된 안팎을 아우르는 꿈에 / 안간힘으로 날개를 달아본다 / 유리창 이쪽 마음의 빈터에 나무를 심고 / 새들의 노랫소리도 불러 모은다"라고 되어 있어 시 전체의 의미의 초점은 유리창 이쪽에 있는 주체의 태도에 관계된다. 시인은 유리창 너머를 동경하지만 유리창 이쪽의 현실에 충실하다.

시 「유리창」이 실려 있는 시집 제목이 『거울이 나를 본다』라는 것도 상징적이다. 거울은 반영의 매개체이며 유리창은 투시의 매개체다. 거울 반영은 나르시시즘에 연결되고, 유리창 투시는 초월이나 꿈꾸기에 연결된다. 거울 반영에 집착하는 사람은 자아에 관심이 있고, 유리창 투시에 관심이 있는 사람은 자아로부터 벗어나기를 꿈꾼다. 이태수는 양쪽 모두에 관심이 있어 보인다. 시인은 자아의 내면을 응시하면서, 동시에 내면을 구속하는 상황으로부터 벗어나고 싶어 한다. 이런 강한 자의식은 이태수 시의 기저에 흐르는 정서적 색채를 결정한다.

유리창으로 상징되는 자의식의 한계에 발목이 잡혀 있으

면서도 거기서 벗어나 비상하기를 꿈꾸는 욕망은 그의 시에 중첩된 두터움을 덧칠해준다. 시인이 서 있는 유리창 이쪽의 현실은 어떠한 색채를 띠고 있기에 그토록 벗어나고 싶어 하고 초월을 꿈꾸는 것일까.

산 넘으면 산이,
강을 건너면 강이 기다린다
안개마을 지나면 또 안개마을이,
악몽 벗어나면 또 다른 악몽이

내 앞을 가로막는다

다람쥐가 쳇바퀴를 돌리듯이
잠자도 깨어나도 산 첩첩 물 중중,
아무리 가도 제자리걸음이다

눈을 들면 먼 허공,

그래도 산을 넘고 강을 건넌다
안개 헤치며 마을을 지나 마을로
악몽을 떨치면서 걸어간다

무명 길을 간다

—「무명無明 길」 전문

이 시의 바탕이 되는 것은 정서적 폐쇄감이며 주체를 감싸고 있는 어둠에 대한 자각이다. 산 넘으면 다른 산이 가로막고, 안개마을 지나면 또 다른 안개마을이 나타나고, 악몽을 벗어나면 또 다른 악몽이 기다린다. 다람쥐 쳇바퀴 돌리듯 제자리걸음하는 '길 걷기'가 시인의 현실이다.

이 갑갑함, 이 답답함은 그의 시의 바탕에 어둠과 허무로 채색된 비극적 세계인식이 자리하고 있음을 보여준다. 이 무명無明의 길 걷기는 그의 시 도처에서 산견된다. 시인은 "바탕과 배경이 어둠인 별은 / 캄캄해질수록 영롱하게 빛나건만 / 나는 안팎이 어둠으로 가득하네"(「별과 나」)라고 읊조린다. 별들의 배경은 어둠이지만 어둠이 짙을수록 별들은 더욱 영롱하고 찬연하게 빛난다. 반면 나는 안팎에 둘러싸인 어둠에 질식할 듯한 갑갑함을 느낄 따름이다. 별은 내게 보내줄 빛을 지니고 있지만 나는 거기 화답할 빛을 지니고 있지 못하기 때문이다.

이 비관적이고 암울한 현실관은 어디서 오는 것일까. 시인의 의식 속에는 평생토록 찾아 헤매던 자아의 참모습인 초월의 경지, 초극의 지점에 도달하지 못하였다는 생각이 차 있기 때문일 것이다. 초월의 경지를 꿈꾸지만 아직도 거기 도달하지 못하였다는 자각은 삶이 어둠이나 안개 속을 헤매는 것 같은 헛된 노동이라는 생각에 연결된다. 시인은 이 헛된 노동에 대한 인식을 자아의 참모습이 보이지 않는다는 다음의 시에서 직설적으로 토로한다.

내가 나에게 끌리어 다녔는지
내가 나를 끌고 다녔는지
내가 나를 만나지 못해 나를 내가 찾아 헤맸는지

또 하루해가 서산을 넘어가고
하루해가 또 동녘을 물들이고
또 하루해가 서산을 넘어간다

내가 나를 찾아다니다가 나를 내가 잃어버렸는지
내가 나를 못 만나 이런지
내가 나에게 밀려나서 이런지

―「부재중」 전문

부재의식은 이 시인의 시를 비극적으로 만드는 동인이 된다. 시인은 타인의 부재를 말하는 것이 아니라 자기 자신의 부재를 말한다. 그의 '길 걷기'는 나를 찾아 나서는 걸음걸이이며, 현상적 '나'가 참'나'를 만나지 못해 애태우는 헛된 노동이다. 그것은 "내가 나를 찾아다니다가 나를 내가 잃어버"린 상태이며, 내가 나를 끌고 다녔는지 내가 나에게 끌려 다녔는지 분간이 안 되는 모호한 상태이다. 이러한 태도에서 우리는 그의 시에서 형이상학적 사색의 중후감을 느끼게 된다.

이태수가 이미 발표한 시 가운데는 「부재不在」, 「다시 부재」 등의 제목을 가진 시들이 있다. 이 시들은 하나같이 알 듯 모를 듯, 보일 듯 말 듯한 감정으로 채색되어 있다. 부재하므로 강박감을 느끼거나 부재하므로 홀가분해지는 것이 아니라, 부재를 자각하는 자의식을 담담하고 무표정하게 드러낼 따름이다. 시인의 비극적 세계인식이 파멸이나 파탄에 이르지 않고 적당한 정서적 균형을 이룰 수 있는 까닭이 여기에 있다.

이 시인에게 있어 삶이란 "잠깐 꾸는 꿈"(「잠깐 꾸는 꿈같이」) 같은 것, 희미한 박명의 빛 속으로 보이는 그림자나 그늘 같은 것이어서 자아의 부재가 절대적 허무에 대한 인식으로 이어지거나 절망적 좌절로 이어지지는 않는다. 그는 다만 어둠과 안개와 그늘에 둘러싸인 자아라는 존재를 바라본다. 바라보면서 절대적 존재나 영롱한 황홀에 대한 꿈꾸기를 계속할 따름이다.

앞서도 언급했지만 이태수 시의 중요한 키워드 중의 하나는 '길 걷기'이다. 그는 그의 앞에 닥칠 어둠과 안개와 악몽을 미리 알고 있지만 그것 때문에 앞으로 나아가는 일을 포기하지는 않는다. 그는 "안개를 헤치며", "악몽을 떨치면서" 어둠(無明)의 길을 간다. "가다"라는 동사 또한 "보다"라는 동사와 함께 그의 시 도처에서 산견된다. 몇 군데 예를 들어 보자.

"무명 길을 간다"(「무명無明 길」), "그림자들이 어두운 창밖으로 / 서두르며 발길을 재촉하고 있다"(「불빛과 그림자」), "꿈속인가 싶으면 꿈밖이고 / 꿈밖인가 하면 꿈속에서 / 너는 내게, 나도 네게 간다"(「색즉시공」), "나는 위를 향해 꿈을 꾸다 / 아래로, 아래로, 내려간다"(「중심」), "가도, 안 가도 그만인 길을 간다"(「항혼 길」)

이 '간다'는 행위들의 공통점은 특정한 목적지를 향한 적극적 움직임이 아니라는 점이다. 서둘러 가긴 하지만, 가도 그만 안 가도 그만인 길을 걷는다는 애매하고 불명확한 발걸음이다. 그것은 어둠 속을 헤쳐 가는 갑갑한 길이며, 꿈속인가 싶으면 꿈밖이고, 꿈밖인가 싶으면 꿈속인, 경계가 흐트러진 지점에서의 움직임이다. 현실과 환상, 실재와 허구, 꿈과 현실이 안개 속처럼 희미하게 뒤섞여 있는 상황 속에 위치한 시인은, 그러나, 그 상황에 순응하거나 굴복하지 않는다. 적극적으로 투쟁하지는 않지만, 결코 포기하지 않는 태도가 이 '길 걷기'의 특징이다.

이 시인의 '길 걷기'에는 타인의 시선에 대한 의식이 없다. 시인의 시선은 항상 자신의 내면을 향하고 있으므로 고독하고 고요하다. 한 걸음 더 나아가면 시인의 시선은 고요를 넘어 적막을 지향한다. 그가 지향하는 적막은 기억의 저편에서 아련한 그리움으로 다가오는 회상이 모습이기도 하고, 현상적 자아의 깊은 속에 감추어진 내밀한 알갱이이기도 하다.

오랜만에 찾은 옛집,
적막이 적막을 껴입고 있다
바람소리 낮게 스쳐 지나갈 뿐
옛 기억은 먼 아지랑이다

—「옛집, 적막」 부분

눈을 감으면 보인다

떠돌던 내가 내게 돌아온다

내가 보이지 않던 나를 들여다본다

지난날의 나는 보이지 않고

작아질 대로 작아진 내가 우두커니

적막에 갇혀 나를 바라본다

—「눈을 감으면」 부분

시인이 느끼는 적막은 그를 괴롭히는 감정상태가 아니다. 아득한 평화, 안온한 휴식을 제공하는 기억의 공간이다. 오랜만에 찾은 옛집에서 회상하는 아지랑이 같은 기억들은 퇴락해버린 지붕과 함께 적막을 껴입고 있지만, 시인은 그 적막을 아름다운 것으로 받아들인다. 그는 자신의 젊은 날을 "한숨과 좌절", "절망을 깊이 부둥켜안으며 / 쓰러졌다가 일어나고 / 일어섰다가 쓰러지곤 했다"고 고백하기도 한다.(「빗소리, 빗길」) 지금 그의 기억 속에 남아 있는 과거의 모습은, 때로는 고통과 아픔이 있었지만, 가물가물하고 아련하다.

그는 또한 눈을 감고 잃어버린 과거의 시간 속으로 들어가 자신의 모습을 더듬어보기도 한다. 젊은 날의 패기와 박력은 사라지고 왜소해지고 범상해진 현재의 모습을 돌아보면서 회한에 사로잡히기도 하지만, 그러한 현재의 모습을 초라하다고 느끼거나 불행하다고 말하지는 않는다. 그는 적막에 갇

힌 채 우두커니 과거를 회상할 따름이다.

그가 적막을 특별히 좋아하는 것은 시 속에 간혹 등장하는 "적멸보궁"이라는 단어가 환기하는 정서적 분위기에서도 느낄 수 있다. "깊은 산속은 적멸보궁 같다"(「심산행深山行」)라든지, "적멸보궁 위로 내려앉는 저녁놀에 / 번지는 풍경소리, 새소리"(「적요寂寥」)와 같은 시구에서 이를 확인할 수 있다. 그윽하고 깊고 유현한 적멸보궁을 대하면서 시인은 적요寂寥의 정적미를 체험한다. 이 동양적이고 고전적인 아름다움의 감정은 그의 시에 명상적인 분위기를 덧입혀준다. 이러한 심리상태는 그의 시에서 담담하고 은은하며 안온한 분위기의 수채화를 연상시키는 평화의 감정을 느끼게 한다.

이태수의 시간관은 명료하거나 직선적이거나 분할적인 것이 아니다. 막연하거나 모호하고, 입체적이면서 포괄적이다. 그는 시간 속에서 회상되는 과거의 기억들을 평온한 심정으로 받아들인다. 그는 자신의 내면에 남겨진 갈등과 고독과 동경의 기억을 다독거리고 끌어안고 사랑한다.

담담해지고 싶다

말은 담박하게 삭이고
물 흐르듯이 걸어가고 싶다

지나가는 건 지나가게 두고
떠나가는 것들은 그냥 떠나보내고

이 괴로움도, 외로움도, 그리움도
두 팔로 오롯이 그러안으며

모두 다독여 앉혀놓고 싶다
이슬처럼, 물방울처럼

잠깐 꾸는 꿈같이

—「잠깐 꾸는 꿈같이」 전문

담담하고 담박한 수채화 같은 풍경화가 시인 이태수의 내면 모습이다. 그는 언어적 세공에 몰두하거나 관념적 실험성에 치우친 시인이 아니다. 철학적 사유를 드러내어 겉멋을 부리거나 현실비판이나 풍자에 관심 있는 시인도 아니다. 그는 자신의 내면에 자리잡은 사색과 명상의 흔적을 진솔한 언어로 형상화하는 순정한 서정시인이다. 외로움이나 그리움이나 괴로움도 그를 흔들지 못한다.

시인은 그러한 감정들을 갈등이나 투쟁이나 좌절이나 흥분으로 대하지 않는다. 애틋하고 아련하게 쓰다듬고 다독거

려서 맑게 길들인다. "이슬처럼, 물방울처럼"이라는 표현 속에는 정결함과 투명함을 동경하는 정서적 평정상태가 있다. 이 잔잔하고 평화롭고 깨끗한 심리상태를 그는 "잠깐 꾸는 꿈" 같다고 말한다. 잠깐 꾸는 꿈은 일시적인 몽롱한 체험이므로 그 상태에 오래 머무를 수는 없다. 그 잠깐 동안의 몽롱한 체험을 그리워하면서 시인은 시를 쓰고 자신의 내면을 정화시킨다.

Ⅲ

앞에서 우리는 이태수 시의 바탕에 어둠과 허무로 채색된 비극적 세계인식이 자리하고 있음을 밝힌 바 있지만, 그렇다고 해서 시인이 어둠 속으로 소멸하거나 허무 속으로 추락하지는 않는다. 시인을 에워싸고 있는 허무와 암흑의 세계인식은 실존적 비극이지만, 그는 이 실존적 비극을 극복할 통로를 마련하고 있다. 그 첫 번째는 "그림자는 그림자끼리 / 어둠은 어둠끼리"(「불빛과 그림자」) 가깝게 뭉쳐서 "발길을 재촉하는" 인간적 연대감이며, 두 번째는 별을 향한 고독한 꿈꾸기의 자세다. 시인은 "꿈속의 별나라, 끌어안을수록 / 불빛 더욱 따스해지는"(「사랑나라, 별나라」)이라는 표현에서 암시하는 바처럼 별을 향한 사랑과 그리움을 지니고 살고 있다. 그는 또한 별을 "신비와 경이의 / 상징"(「별에 대한 몽상」)이라고 직설적으로 고백하기도 한다. 이 첫 번째 통로가 사회적이고 외향적인 것이라면, 두 번째 통로는 명상적이고 내향적인 것이라 할 수 있다.

이태수 시의 주된 서정성은 명상과 사색, 관조와 성찰 쪽에 기울어져 있다. 그는 고독한 단독자의 시선으로 그를 둘러싸고 있는 어둠과 허무를 바라보며, 동시에 거기서 벗어나 어둠 속에 빛나는 별에 다가가기를 갈망한다. 그는 "나는 내 안에서 쉰다 / …… / 그 신비의 품에 깊숙이 든다"(「고도孤島—또는 고독」)라고 말한다. 그의 고독은 '외로운 섬 / 고도孤島'에 갇혀 있는 존재가 느끼는 호젓함이다.

그는 고독 때문에 절망하거나 고독 때문에 방황하지 않는다. 오히려 고독 때문에 휴식과 평정과 안온한 너그러움을 느낄 수 있다. 섬이라는 공간 속에서 우리는 고독과 동시에 휴식과 명상을 체험할 수 있기 때문이다. 같은 시에서 그는 "어떤 크고 부드러운 손이 / 내 어깨를 토닥이더니 그러안는다"라고 말한다. 고독 속에서 신을 느끼는 태도이다.

이전에 발표한 여러 편의 시에서 그는 이미 신성한 존재에 대한 향수를 암시한 바 있다. 예컨대, "신성한 말은 한결같이 / 먼 데서 희미하게 빛을 뿌린다 / 나는 그 말들을 더듬어 / 오늘도 안간힘으로 길을 나선다"(「시법詩法」)에서 보여주는 '신성성을 지닌 말 찾기'와 같은 태도는 이태수 특유의 종교적 세계관의 표현이다.

그의 시는 천상적 세계에 대한 동경을 지향하지만 이를 직설적으로 드러내지는 않는다. 그의 인격적 바탕을 형성하는 종교적 가치관이나 초월적 명상은 특정 종교에서 가르치는 교조적인 도그마에 얽매어 있거나, 이를 전파하려고 하지는 않는다. 그는 단지 꿈꿀 따름이다. 다음 시는 이태수의 꿈꾸기가 지향하는 궁극의 세계를 잘 드러내 보여준다.

당신이 여기 있어 나도 여기 있네

그러므로 이젠 더 바랄 것이 없네

당신이 빛으면 내가 듣는 이 고요

—「당신과 나」 전문

이 시는 시인의 내면에서 우러나는 명상과 평화의 감정을 고백하기 위하여 쓴 시다. 진지하고 깊은 고요 속에서 만나는 신성성의 체험이야말로 인간이 지상에서 겪을 수 있는 천상적 감정이다. 이런 천상적 감정을 실감하는 순간은 은총이며 축복의 순간이다. 시인은 하늘에서 내리는 흰 눈을 보면서 "꿈결이듯 아니듯 그대 오고 / 축복같이 은총과도 같이 /

눈이 내리네"(「눈이 내리네」)라고 읊는다. 천상적 신성성을 갈망하는 시선으로 바라보면 지상의 평범한 일상적 현상도 신적인 은총이며 신적인 사건임을 깨달을 수 있다.

그의 많은 시편들 가운데서 별에 관한 몽상, 별에 관한 그리움, 별을 향한 향수를 찾아볼 수 있는 것은 지상의 육체가 천상의 영혼을 꿈꾸기 때문이다. 그가 꿈꾸는 천상계는, 그러나, 문자 그대로의 기독교적 천국을 뜻하는 것은 아니다. 우주적 질서, 우주적 신비, 우주적 합일을 지향하는 넓은 개념의 천상계다.

숨을 들이쉬면
바깥이 내 안으로 숨을 내쉰다
내가 숨을 내쉬면
바깥이 어김없이 나를 들이쉰다

나와 우주는 들숨날숨의 관계,
이 관계를 모르고
나는 속절없이 애태운 것일까

우주와 내가 하나인 줄 모르고
헤매기만 한 걸까

바깥에서도 안에서도 언제나
겉돌아온 걸까

—「우주와 나」 전문

시인은 여기서 우주와 내가 이분법적으로 분리할 수 없는 융합체라는 것을 설파한다. 내가 숨을 들이쉬면 바깥이 내 안으로 숨을 내쉬고, 내가 숨을 내쉬면 바깥이 나를 들이쉬는 관계, 이 융합된 들숨날숨의 관계는 마치 회전문과도 같다. 늘 열려 있기도 하고 늘 닫혀 있기도 한 회전문, 안이면서 밖이고 밖이면서 안인 관계, 이 둘이면서 하나인 관계가 우주와 나의 관계라는 것이다. 이쪽에서 보면 들숨이고 저쪽에서 보면 날숨인 관계를 모른 채, 우리는 바깥에서도 안에서도 늘 겉돌기만 하고 사는 것은 아닐까. 둘이면서 하나고 하나면서 둘인 관계라는 것은 말하기는 쉬워도 실감하기는 어렵다. 둘이면서 하나고 하나면서 둘인 관계에 도달하기가 얼마나 어려운 일인가를 시인은 이미 알고 있다.

그는 "오늘도 너와 나는 함께, 그러나 따로 / 꿈밖에서 꿈길을 더듬어 나서보지만 / 불이의 바깥 길, 헤매고 맴도는 것을"(「불이不二의 바깥 길」)이라고 읊은 바 있다. 그는 너와 나는 꿈속과 꿈밖처럼 절대적 분리 상태에 놓여 있어 결코 융합되거나 일체화되지 못하리라는 것은 알면서도 하나가 되기를 갈망한다.

시인은 닿을 수 없는 아득한 세계를 향한 실현 불가능한 꿈을 꾸지만, 그 두 세계는 우주적 질서에서 보면 둘이면서 하나인 관계라 할 수 있다. 시인은 자아와 세계의 대립적 분별을 지양하고 동양적 합일을 지향한다. 바라보기에서 꿈꾸기에 이르는 과정을 통하여 현상적 초월에 다다르는 길, 그 길 위에서 시인은 속절없이 애태우고, 하염없이 헤매고, 언제나 겉돌아 왔음을 깨닫는다. 지성적 관조자의 모습을 지닌 이 시인이 우주적 신성성에 가까이 다가가려는 자세는 이토록 진지하고 성실하다. 수행자나 구도자의 자세가 아니라 담담하고 담박한 응시자의 시선으로 자신의 내면을 형상화하는 이태수 시의 진정성이 귀하고 가치 있는 까닭이 여기에 있다.

이태수 시인

1947년 경북 의성에서 출생, 1974년《현대문학》을 통해 등단했으며, 《자유시》 동인으로 활동했다. 시집『그림자의 그늘』(1979, 심상사),『우울한 비상의 꿈』(1982, 문학과지성사),『물 속의 푸른 방』(1986, 문학과지성사),『안 보이는 너의 손바닥 위에』(1990, 문학과지성사),『꿈속의 사닥다리』(1993, 문학과지성사),『그의 집은 둥글다』(1995, 문학과지성사),『안동 시편』(1997, 문학과지성사),『내 마음의 풍란』(1999, 문학과지성사),『이슬방울 또는 얼음꽃』(2004, 문학과지성사),『회화나무 그늘』(2008, 문학과지성사),『침묵의 푸른 이랑』(2012, 민음사),『침묵의 결』(2014, 문학과지성사),『따뜻한 적막』(2016, 문학세계사),『거울이 나를 본다』(2018, 문학세계사),『내가 나에게』(2019, 문학세계사), 시선집『먼 불빛』(2018, 문학세계사), 육필시집『유등 연지』(2012, 지식을 만드는 지식), 시론집『여성시의 표정』(2016, 그루),『대구 현대시의 지형도』(2016, 만인사),『성찰과 동경』(2017, 그루),『응시와 관조』(2019, 그루) 등, 미술산문집『분지의 아틀리에』(1994, 나눔사), 저서『가톨릭문화예술』(2011, 천주교 대구대교구) 등을 냈다. 매일신문 논설주간, 대구한의대 겸임교수, 대구시인협회 회장, 한국신문방송편집인협회 부회장 등을 지냈으며, 대구시문화상(1986), 동서문학상(1996), 한국가톨릭문학상(2000), 천상병시문학상(2005), 대구예술대상(2008) 등을 수상했다.

유리창 이쪽
이태수 시집

초판 1쇄 발행일 2020년 3월 25일
초판 3쇄 발행일 2020년 7월 15일
지은이·이태수
펴낸이·김종해
펴낸곳·문학세계사

주소·서울시 마포구 신수로 59-1(04087)
대표전화·02-702-1800
이메일·mail@msp21.co.kr
홈페이지·www.msp21.co.kr
페이스북·www.facebook.com/munsebooks
출판등록·제21-108호(1979.5.16)

값 10,000원
ISBN 978-89-7075-943-2 03810

* 이 도서의 국립중앙도서관 출판예정도서목록(CIP)은 서지정보유통지원시스템 홈페이지(http://seoji.nl.go.kr)와 국가자료공동목록시스템(http://www.nl.go.kr/kolisnet)에서 이용하실 수 있습니다.(CIP제어번호: CIP2020010200)